나는 잠깐 웃고
너는 오래 운 울음 그치고

남주희 시집

시인의 말

아버지는 나에게 말을 가르쳤다

그다음 글을 가르쳤다

말이 쫓아와

글을 순하게 감싸면

멀리서 북을 둥둥 울려주셨다

이번 글도 그랬으면 좋겠다

지금도 북채를 만지작대며 이쪽을 보고 계신다

2024년

남주희

차 례

● 시인의 말

제1부 장 구경

제2부 깜빡

제3부 지독한 기다림

제4부 토란

제1부

장 구경

장 구경

덜 핀 매화꽃 사이로 장 구경을 다니다
백두산 악극 쇼라는 천막집을 들여다본다

난쟁이 가랑이에 낀 만신창이 된 각설이 몸뚱어리
앞니 빠진 잇몸이 온통 히죽거리면
천장을 뚫는 풍악 소리 난데없다

멀뚱한 8척 사내의
품바 수염과 눈알
아무렇게나 갈겨놓은 검은 화장법의 태연함
앞서가는 꽹과리로 출렁대는 소리 낯가림이 없다

울려고 내가 왔냐고
생이 별거더냐고

허공을 싸안는 중심이 버티려 해도
우울 몇 겹 좀체 깨어나지 않는다

파장은 고단했고
열창하는 홍도야 우지마라 박수 소리는 간간이다

참빗과 치약을 팔려 댕기를 맨 여남은 살 아이에게
쭈물쭈물 구겨진 지폐 한 장을 건네며
몇 살이냐를 불쑥 물었다

대책 없는 그것의 근원을 물은 불편함
되고 싶어 되었겠나
추스르지 못한 몰염치가 나를 딱하게 돌아봤다

품바는 품바대로 덜 핀 매화꽃은 덜 핀대로
늙은 각설이 그만큼의 한풀이로
또
울컥거리며 날아오를 고단한 봄날

우수 경칩 지나고

바람 속을 배회한 늦은 귀가와 저녁을 마주한다
중얼대는 입말로 방 한 칸 지어놓은 그곳

기억을 누르고 날개를 봉인하면
푸른 얘기들 쉴 새 없이 배어 나온다

막사발 몇 잔이 우수 경칩이 지나도록
깨어나지 않아
바람에 부딪힌 한대 말 골라 종일 모의한
외면할 뻔한 밑줄 읽는다

우듬지 속
혈관 튼튼한 날숨으로 음계가 각각인 한나절
분간이 어려웠던 어제 일 풀어내며

늦은 안부를 질끈 저장하며 유순해진 잠시

당분간은 스며들 것이다

아귀가 맞지 않는 언어로

입술만 달싹거려도

난데없이 편들어 줄 계절이 미리 와 있기에

해 꼬리가 길어졌다는 며칠 전 수다와

짧은 벨 소리에 참여한다

분주하게 쏟아지는 냉이 다발

위로 발기된 햇살

태생이 웃음뿐이라 맘껏 터트린다

노을 당구

노을이 당구와 마주 섰다

앞 돌리기를 시도하는 큐대에
어깨를 끌고 와
방아쇠를 당기려는 저 안정된 포복의 자세

붉은 것의 두께는 얇고 지속성이 없어, 뜬금없는 고백도
미리
챙겨 두었지만

저녁 외등이 켜지기 전까지 유효하다는 전갈을 받고
남세스럽게
벌건 대낮에 판을 불살라
열렬한 키스를 도모한다

선녀와 나무꾼의 운명이었을까

상기된 서쪽 붉음에 어둠이 서성대며
스리쿠션을 꿈꾼 이력 주섬주섬 챙긴다

반쯤 뜬 눈으로 사과 몇 알 들고 오는
어둑 살과 부딪쳐야 한다고

고란사의 범종까지 들여다본
숨 가쁜 하루를 밀어 넣으며

한판 승부가 아직인데도
데워놓은 여력마저 거두고 돌아왔다는 볼멘소리
아픈 사랑니처럼 심하다

노을의 빈자리
눈 큰 공 서넛 숨을 줄이고
그늘로 앉아
홀로 뒹굴어보는

잠깐의 이별이 감당하기 쉽지 않은

어판장에서

싱싱한 아가미들
눈곱도 떼지 않고 새벽 빗장을 연다

큰 다라이를 접수한 붉은 멍게 집단
감포 어물전 물 범벅 사내를 군말 없이 따라나선다

이제 막 젖니 빠진
토실토실한 철갑상어 윗도리만 걸친 민망함을 모른다
떼거리로 몰려다닌 도다리 새끼 주먹질하는 파도 옆에서
바락바락 대들다 마수걸이에 넘겨진다

뭍으로 기어올라 참하게 터 잡은 성게알
젖니 빠진 입을 모아 흥정에 참여한다 제법이다
주홍색 속살들 미리 얼굴 부비며
펑퍼짐한 양은 냄비에 특별히 담긴다

박 씨 아저씨 쉰 목이 적당하면 앞서거니 뒤서거니
경매를 부추길 요량이다

떨이 값에 붕장어 새끼 부아를 긁적이고

간밤 속앓이로 활명수 몇 병 털어 넣는 지금
눈치 빠른 광어 서너 놈 찬 술잔을 데운다

밤새 헐떡거린 비린내와 비늘들 출항을 마감하고

손 시린 아침이 모닥불로 모여
높이를 걱정하는 파도를 함께 판단한다

생의 목덜미가 자주
괭이갈매기 발끝에서 질척거린다

한낮

기름때가 덕지덕지한 폐타이어 더미를 뚫고
현대 정비공장 뒤
배롱나무꽃 만발하다

불같이 밀어 올린 상반신
가지치기를 하지 않아
멋대로 끓어오른 붉음

전생 운명이었을까

지독한 매연 아닌 척 못 들은 척
당돌한 꽃떨기 무더기로 몸을 밀어

감춰진 비밀 알뜰하게
속울음까지 탕진한 폐지 리어카들
보쌈하듯 큰 이불 덮어 주었다

밤이면 별똥별 아래

꽃향 묻혀 불을 가두고

흙내 나는 아담한 뜰에 오래 깃든 당신
지울 수 없어
100일 낭자한 붉은 그늘 약속했지만

무심코 내려다본 아랫도리
앙상한 밑동 진물로 허옇게 꺾이어
바들바들 어둠을 주저앉힌다는 늦은 전언

입술 쥐어뜯으며 꽃으로 남고 싶었던 이치는
대책 없이 환함 그것뿐이었는데

한낮은
별일 아닌 듯 헐렁한 골목을 끌고
정적에 골똘할 뿐

아무 일도 일어나지 않았다

소리 1

한번 다녀가라 에미야

골골이 패임이 전부인 아비의 등 뒤로
안 돼요 약속이 있어요

하찮게 걷어치운, 속이고 또 속아주는 힘없는 관계라는
것 알기에 핑계는 하염없었고
곧 나달나달해질 아비의 목마름을
이내 탕진했다

구멍 숭숭 난, 돌아눕지도 못한 굽은 뼈
바루지도 않고
잽싸게 동이째로 쏟아부은 누런 흙 위로
까만 발가락이 꼼지락거렸다

삼삼오오 흩어지는 어깨 밖으로
우르르 일어서는 비명
'다녀가라'

몸이 열어 놓았을
여분의 숨소리 혹 들릴까 봐
움찔, 사방을 훑으면
꽉 막힌 명치끝이 후들후들 배후로 남았으니

분별없이 농염했던 땡볕 아래
벌건 하늘로 걸려 있던
당신 앞서 걸음 옮기면
나는 서너 발 물러서 꼭꼭 걸어 잠근 죄목을 손질해야 했
으니

무연히 깜짝깜짝 놀라야 하는 저 뇌옥牢獄의 근거
그 이후를 빠져나오느라 온몸이 다 젖었다

한 발짝도 뗄 수 없는 우거진 낭떠러지 앞에서

오늘 내가 할 수 있는 일은
신神의 십계명을 지키듯 반듯하게
우는 일뿐이었으니

소리 2

― 성묘

아버님

장미목 거문고 택배로 부쳤는데 받으셨는지요 은은한 그 소리 첩첩 변방이라도 들린다고요

여기 누에 살로 빚은 베 한 필 또 넣습니다. 혹여 명주실 촉감이 좋다고 월담하여 김 마담 유혹할 연서 꿈도 꾸지 마십시오 거문고 열두 줄의 유효기간은 넌더리 났던 생으로 출발하여 저승의 문턱을 넘보는 찰나까지이니 뫼골 아재와 둘레둘레 체면 놀음이라도 그냥 하십시오

선조 임금의 손자는 자치통감 정도는 지녀야 율과 인격을 도모한다는데, 아버님 문헌엔 3대 독자를 낳아준 연두 애첩의 기록밖엔 없더군요 생강나무 진달래 노루귀에 색색의 옷을 입혀 달빛 호위병을 밤마다 부르는 진상 놀음을 하셨더군요 북채 소리가 하도 강해 소천* 장꾼들 쑥덕거린다는 소리 들었어요 괜찮아요 심증은 있으나 물증이 없는데요 뭘

멧돼지 술에 취해 비척거린 흔적도 있고 뻐꾸기 소리 들리지 않아 베어버린, 적장의 목처럼 뒹구는 50년 솔향도 있었습니다 방목된 햇살이 새 떼들의 목청을 무한정 늘어놓고 계절 따라 붉고 푸른 옷 마침맞게 갈아입히고 있더군요 문

득 한적이 그리워 크게 아버님하고 불러봤어요 메아리가 바람과 부딪치고 울컥대는 슬픔은 버석거리는 갈대를 충동질해 흙집 둘레를 에워싸고 있었어요 염려 마세요 해가 지면 외곽엔 노을이 지천으로 널려 있으니까요

  아버님, 오늘 같은 날엔 카푸치노가 아메리카노보다 낫겠지요 저랑 한잔하시죠 이름이 고약하여 외우기 어렵다고요 매사에 틀리고 배배 꼬인 우리 사이는 아니니 약주보다 서양 음료가 제격이겠지요.

  봉환이 아재 허리병 도져 품 깼다 일러 드리래요
  자드락 골 논밭 이제 골빙 들어 부치지 못하겠다네요
  돈 안 되는 거 쥐고 있다 병만 키웠다고요
  앗 참 자실 어른 막내 대림, 날 받기 전에 쌍둥이 봤다네요 아들인지 딸인지 못 물어봤네요

* 봉화군 소천면.

존재

여름비가 흙을 적시는 모습

물끄러미 바라보다

더 이상 생각에 빠지지 않아도 되겠다

내가 지켜보고 있지 않아도

여름 내내 색을 얻지 못한

나뭇잎들 방금처럼 다투며

멀어지면서 또 깊어져 더 먼 빛 속으로 빨려 들어갈 텐데

기억 밖으로 흩어진

바람의 전령은

불쑥불쑥 자라는 계절을 졸라 꽃으로 뒹굴 것이고

어정대던 라벤더

절정의 보랏빛 약속하라고 독촉받을 텐데

괜스레

내 울타리를 침범한 반쯤의 시간을

정든 듯 떼밀며 눈 흘김 하면
돌아보는 시간만 사소해질 테고

폐활량을 키우던 인기척이 빠른 걸음으로
저녁을 끌고 와
핼쑥한 배경을 차단한다는 소문

가볍게 출렁이는 풍경만을 고집하면
좀은 둔탁해질 텐데

일몰의 뒷자리에 비켜선 버즘나무 귀엣말이 심상치 않아
서둘러 차분해지려는 7월

돌아 나와야 되는 길
골똘하게 염려하면서 다만 간격이 늦은 자리 몇
비워놔야겠다

목련꽃 소문

어쩌자고 삼 백날을 졸랐을까
무작정 뜬 눈으로
하늘 반 칸 받아내
너무 환한 저녁 약속받았다는 소문

꽃을 달라 했던 내 말이
무거웠을까

기다리지 말라고
동여맨 안드로메다와
필락 말락 한 꽃송이들 서로 눈치 주며

다시 미워할 틈 없어
단단한 부리로 무장한다는
불확실한 그 말
당분간 잊었다

근근이 팔 옮겨

지는 꽃의 집착을 소문낸 저 무성한 밑줄

머리맡에 옮겨두고

슬픈 무게에 얹힌 며칠을 타일러

다정한 척 몸 누이며

고열 이마를 짚으니 그제 일 그 이후로는 기억할 수 없다는

당신은 당신대로 지울 수 없이 흘렀고

예감은 했지만 모두 쓸려나가 버려

초인종을 눌러도 대답이 없다

성큼, 가을이

몸이 바뀌는 시간일까

짧은 치맛단을 내리고

물방울 같은 여분의 생각이
흔들리고 있음을
앓고 있던 관절이 먼저 듣고 있었던

묵혀두었던 꽃들의 관자놀이가
가파른 불빛으로
혀를 끌어당기는 시간

익숙해진 언어들 조립하여
나를 윽박지른 초췌한 것, 그것조차
한 생이라 여겼던 날

새 떼들 몰려와 구경꾼처럼 방관하다
끝내 수북하니 담아 가는

바람의 근황

조용히 살을 말려

머잖아 정분날 모과나무

사이로

이별처럼 나란히 누워

속 깊게 떨고 있는 가파른 얘기

떠듬떠듬 흘리는

고작 창 하나 열어두라는 계절의 당부에

보폭을 당기며

부드러웠으나 단단했던

밀리며 들어앉는 저 풍경 한 컷

한 다라이

잡어 한 다라이 15,000원 이란 횟집 간판을 본다 게걸스
레 코 박고 먹어대는 넓이가 무너진 입 상상한다

장바닥 악다구니 1호
갈퀴는 삐걱대며 노쇠했지만 떨이하지 못한 맹세 아직 팔
딱거린다는 헛구호에 섞인다

파도가 쥐여준 다라이 밖 계산은 아둔해 밑변에다 높이를
곱하면 생의 부피가
튀어나올 법한데
여즉 어둠을 후치며 초조한 눈알 굴리고 있다

매일이 나달나달하다고 여긴 날 다라이 속 문을 잠그고
불을 껐다 그것은 금세 불덩이처럼
신열이 끓었다 출구를 찾지 못해 뒤뚱거리는 사이
타다 남은 재투성이 다라이를 물고 면벽 수도하는 검은
새 한 마리

얼른

몰려든 열기 내뱉고 문밖 속도를 높여

단단하고 여문 날개로 공중을 비상하라고

물살의 세기를 대낮처럼

환하게 암기해 허기져 보이는 목어木魚 몇 마리 세차게 두

드리라고

아무 일도 없었던 것처럼

간밤 무섭게 내려앉은 하혈의 자리

활짝을 포기한 동백 모가지도

지문이 다 닳은 물고기도

발 없는 엄마도 보였다

빈곤한 밥의 비밀 다 읽었다

밥 1

H 호텔에서 값나가는 뷔페를 배불리 먹고
불편한 속으로 걸어 나오다

매미 소리로 달구어진 50도쯤의 뜨거운 안장에
해물탕 한 그릇
황급히 싣는

영동반점 늙은 배달꾼을 만난다

헬멧을 눌러쓰고
다리통 힘줄이 부실한, 얇은 등으로
밥때를 또 놓치고 있다

번들거리는 태양열 사이로
한 번도 편이 돼준 적 없는 날개뼈에
첩첩 비린 옷을 껴입힌

행여 노동의 출구가 막힐까 봐 입술이

시퍼렇다 아니 까맣다

폭포수 같은 비명 아래
야생동물처럼 거친 생의 귀퉁이를
지치도록 봉합한 간밤

희미한 빛을 잡고
삶은 굴러가야 할 바퀴일 뿐이라지만

살아서 꿈틀대는 얼룩 빌미 삼아
고단을 포장하는 이 일
정처 없다

몸이 열어놓은 노동의 습성을
다 닳은 어깻죽지까지 비켜설 줄 모르고

꽉 쥔 울분도 없이 첩첩 산처럼 울었다

밥 2

순정식당에 불이 켜지고
제일건축 간판 일찍 불 내린다

로또 당첨 가게 앞
복권 몇 장 쥔 늙수그레한 노동자 앞일을 예견한 듯
싱겁게 웃는다
저녁어깨가 훤하게 면도한 야참 국숫집으로 빨려 들어가고

야광을 묻힌 안전한 어둠 안으로
태극기를 단 오토바이 배달을 나르면
눈이 작은 주모의 발음
고함에 가깝다

홀쭉한 노동복이 밤참을 털어 넣고

삼겹살이 거든 막걸리 몇 잔이
서로의 나이를 점령하려 시끌벅적에 섞이고 있다

수명이 다 되어가는 30촉 전구 알이
더 희미해져도 상관없다는 듯
늦게까지 정면을 바치고 통째로
은근한 근심을 풀어내려 한다

공사판 일숫돈이 바닥났다는
문둥병 같은 흉흉한 소식에도
저물도록 부린 몸 경배하며
걸터앉은 저녁상 태연히 굽는

일찍 다녀간 무감각한 경전들로
짓눌린 얘기 귀 밖으로 던지며

밥 소리, 번쩍

무한 창공을 들어 올리는 허기진 중심

차갑고 뜨거운 그믐, 차례차례 건너가고 있다

제2부

깜빡

저녁 내내 쓸쓸하다

태산목 눈 흘김 모른 척하고
저녁마다 신장개업하는 장미 다방을 호출해
바람꽃이라 불러 달라는 미스 김
의미 없이 스치고

엊저녁 두통
불면 쪽으로 이유를 넘기며
누군가의 생에 관여하려
간밤 아까운 잠 돌려보냈다

방금 도착한 저녁 저문 바다로 보내는 시간
일몰은 고르게
정맥을 드러내 출렁거리고
일을 마친 어깨가
비대칭으로 삐걱대는 지금

저녁을 추모한다는 말 식지 않게
꽃들의 달달한 웅성거림 왜소한 골목에 섞이려 하고

서둘러 민낯을 지우는 희미한 낮달

도착이 좀 늦은 어둑한 배경 빌미 삼아 절연의 문장이 떠
돈다는

지상의 소문 참지 않고 파악하려 든다

멈칫멈칫 수줍게 이별을 뒤적이며

회복한 슬픔이 빠져나가길 기다리는 사이

곧 밝아진다는 일몰의 말에 한기를 느끼며

마주 앉은 생각들

허물없이 내려놓는

댓글

당신은 내가 띄워낸 첫 그림자입니다

한번 일 때마다 몇 겹의 파도가 되어
바다 창틀에 부딪치는지 아시나요
내 그림자 반 접어도
물살에 가리어 보이지 않는다면
또 반 접어
그래도 성에 차지 않으면
행간 맨 아랫단에 비켜 서

묵언
그 비방의 텅 빔으로 가라앉겠습니다

자맥질이 서툴러
당신 편두통일까 봐
한 번도 얼굴 붉히지 않는 작은 섬처럼
사방으로 팅겨 나간 포말, 눈길 주는 그쯤에서 흩어지겠
습니다

봉긋 올라온 낮별의 행선지에
어설픈 추임새 몇 넣어 곡선으로 넘어간 어깨
나란히 해야겠어요 가끔 뒤뚱거리기는 하겠지만

환부의 바람들이 건네는, 그 목소리쯤 해서

북쪽 창만 고집하는 허접한 글 뭉치에
위험한 평화로 위장해 막무가내 쓸려온 작은 소리 편들어

내 욕심 절반은 덜어내겠습니다

공손을 자처한 뾰족한 문장들이 은밀히
번식하면
초여름으로 들어선 시도 때도 없이 해댄 잔기침을 치료해

휘적휘적
마지막 붓질을 서두르겠습니다

흐릿해야 보여요

눈을 크게 뜨세요
아뇨 뜰 수가 없어요
장님입니까
네, 장님인 척하려구요

눈을 감고 생각을 내보내면
깜깜한 수정체 속에
천개의 별 문양 층층 배어든
폐활량을 부풀린 바람꽃이 보여요

얼레? 슬픔을 추려낸 목울대 하얀 장미 넝쿨도 있네요

어느 배편에 닿으려고
지중해 불빛만 쫓아다닌 아네모네도 엎드려 있고
엄마 발처럼 퉁퉁 부어
눈물 찔끔 흘린 꽃다지 행보, 아슴아슴 보여요

괜찮은 더듬이 하나만 주신다면

겹겹 무심해 더는 볼 수 없는
오만한 정오에게

새로 산 수정체를 갈아 끼우면
고장 난 악기가 발음하는 뿌- 삐- 삐-를 볼 수도 들을 수도
없어요

너무 밝아 눈이 부시면
캄캄하게 우는 울음조차 모두 가려져요

발목 접질려진 채 무릎 양껏 세우고
창백한 소문 조곤조곤 열람하면

어느새 극성스럽게 저문 우리 사이

흐릿한 동공으로 허공의 저쪽에서 멈칫대도
우린 분명 읽을 수 있어요

깜빡

어머님 제사를 마치고 나니
깜빡 잊고 올리지 못한
조기 접시, 식탁에 그대로 놓여 있다

슬금슬금 뒷걸음질하며
눈치채지 못하게 잽싸게 엉덩이 뒤로 감추며
눈알 부릅뜨고 입 벌린 조기에게
쉿 조용히! 를 당부했다

어깨 뒤로 어정대다
변방으로 휘둘린 내 생生과
별반 다를 게 없어

말라가는 기억에 도리질하며
어머님의 이승을
구차한 변명으로 떠듬거렸다

무리에 끼지 못한 슬픈 눈 뒤로

감춰진 그늘의 깊이를 알면서도
살아 있는 자의 저녁을 방관한 적
더러 있었다

전생 길섶에 두고 온
초라하게 끌려다닌 울음 떠나보내며
댕강댕강 잘려 맞추지 못한 어눌한 고백 한 줄
무명 저고리, 당신

어머님, 남보라 달개비꽃 위로
방금 도착한 유월 해 꼬리가 조금 더 길어졌습니다

화산*에서 하룻밤을

어둠의 부축을 받으며
늦은 산그림자
돌아눕는다

회벽을 치는 새소리 벌써 접혀 있다

오늘 밤
깜깜한 나라 이불자락 끌어 덮어
피곤한 베개를 돋우고
바람의 목청으로 잎 세우는 굴참나무
처마 안으로 몸 당긴다

살아
산山만 한 천근 무게로
어둠을 도운 발, 부딪치며
덜컹대는 바퀴 혼자 굴렸을 저 굴피 껍질

산 정강이 베고 눕는 밤 밖으로

계절의 찬 울음 울며 몇 번이나 되돌아갔던 환절기

분화구같이 패여 멍 자국 선명하다

척박한 화전 일구며
뿌리를 도와 몇 되박 생의 피륙을 짜냈을 이맛살 어두워
푸석하다

어깨를 들썩이며
짐승처럼 몰래 울어, 두어 번
돋아나는 몸살로
돌아가는 시간 자꾸 길어져

잠 다시 불러
나무처럼 마른 생각 고쳐 쓰고 다시 물리는 지금

* 영천군 화산면.

러시아 사랑법

마디가 딱딱 부러지는 언어로
계급장이 선명한 무릎 구두를 신고
저벅저벅 발맞추는 구령 소리 듣는다

레닌 동상 위에 똥 한 줌 뿌리고 달아나는 비둘기
위대하다

풍선 몇 개가 오후 다섯 시 쪽으로 표정을 가두고
깃발은 배경이 되어주지 못해 소곤거림조차 없다

딱딱한 빵을 구하러 줄이 서고
늙은 정인 같은 은사시나무 곁에 바람 조용히 앉는다

칠이 한참 벗겨진 낡은 의자에
젊은 엉덩이 바게트 빵을 물고 웃을 뿐

겨우 어깨 반 칸 기대어 꼼지락대고
몇 겹의 귓속말 서투르지만 전부다

달달한 소리가 목구멍 안에서 움찔움찔하는
연인들의 팔 치수가 짧아서일까
무덤덤하지만 껴안음은 그런대로 원만하겠다

나잇살이 제법인 건물 사이로 저녁이 두리번거리고
좀체 불평하지 않는 시간 붙들어
다시 만남을 통보해야 하는데 뜸만 들이는

레닌 앞에
입말이 준비되지 않아
꽃의 숨소리는 긴장하고

시베리아로 기수를 돌려야 하는 바람 탓에
 애끓는 사랑의 이치는 둥글지만 왠지 처음으로 돌아갈 모
양새다

중심

　중환자실은 중심 밖의 운발을 기대하느라 우왕좌왕한다
밖으로 밀려난 안도의 눈물 잠깐, 혹시라는 우려에 수결하
듯 꿇어앉은 정자세

　폭포수처럼 우렁차게 다가온 죽음을 용케 건너뛴, 묶인
사슬을 풀며 누군가 벗어놓은 생의 따돌림 근근이 이어 붙
이는, 당신으로부터 사라지는 슬하 모두에 조마조마하는,
왕성한 꽃으로 이어져 다시 파종할 시기를 알리는, 편한 숨
소리 어둠을 등에 업고 낮고 초라한 집으로 홀가분하게 귀
가하는

　연인들의 눈빛이 중심에 모아지면 배경은 환하다 당신을
흘린 몸 적응하는 일 싱싱하다

　안과 밖의 온도 차이에 무관심한 척하지만 중심에 차려진
달달한 키스의 각도가 삐딱했던 것 처음으로 안다 안심을
놓지만 위험했다 전생 길섶에 두고 온 슬픈 종소리는 외곽
으로 물러나지 않고 나를 집중한다

　곡선 밖의 얘기들로 아침을 지우고 저녁을 부르는 일 건

너편 핑계를 줄이고 당신을

　돌아 나온 중심을 정독하면 슬픔이 종종 놓치는, 또 다른

가뿐한 흉터가 서 있다

포인세티아*

불을 켠 듯 종내
환하게 머물 줄 알았는데

새순 무성히 덮인 오월 어느 날
비워낸 몸으로는 더 이상 하혈을 치를 수 없어
계절 밖으로 무참히
쫓겨났던 그때

몸의 향방을 가늠하지 못해
끊어진 길 끝에서
상관없는 뜨거운 햇살에 골똘히 찔리기만 했던

내 동의 없이 바스락거리는 잎 온전히 수습하겠다는 여름
에게
깊이도 모르는 저 낭떠러지가 야속하다며
원망만 나열했으니

어질어질한 시간 뒤로

다시 옷 한 벌 건지는 일 이리 정처 없으니

속성으로 부화된 소문 입단속시킨 후
한 땀 한 땀
내 발원에 얹혀 간간이 표류했던 붉음, 그것 또한 번식시
키려

축복이라는 꽃말을 얻어낸

크리스마스 캐럴이 도착하고

나는 붉은 면사포를 쓴 채
느슨한 시간 샅샅이 뒤져
미처 기록하지 못한 증거들로 빼곡히 채운
12월의 배경 쪽으로

잊은 듯 합류하려 몸을 떠는

* 11월에서 12월 사이에 개화하는, 크리스마스 붉은 꽃.

딱딱한 외투

저물어가는 몇 그램의 무게로
나는 또박또박 풀꽃 향을 옮기고 있다

부드럽게 다듬이질한 외투 자락에
바람의 주문을 받고
지상에서 가장 낮은 반야般若의 집으로
생을 부화하는 꿈, 다시 쓴다

서로의 마디를 덮어준
속살 층층 아껴둔 문장들로
글을 채집해

나를 흘렀던
실핏줄의 이력을 고백하며
고단한 말의 등받이로 백 년을 기다리기로 했다

불통의 언 살에 신음소리를 녹취해
몸 뉘일 처마를 걱정하는 유목민의

알몸 거처가 된 지금

딱딱한 껍질을 향해 정중히
모자를 벗으면
탕, 탕 맑은 음이 한가득이다
천형을 견디며 울어버린 마그마의 외투에
약속한 손 글씨 곱절로 입히는 일

말랑말랑한 기억 망치질해
슬픔을 잘 타는 악공으로 버티는 지금
간절한 비문의 속살에
발정 난 전생 음계를 등재하면

그제야
내 몸은 격하게 데워지고
어둑 녘에 날아든 마지막 호흡 앞에 이승을 포개며
당신을 공손히 부축하는

귀

버스 정류장 앞

차들의 소음에도 아랑곳하지 않고

빵 부스러기 하나에 바글바글 모여든 개미 떼를 본다

바닥을 탕탕 두드리며 울림을 넣었지만

들리기는 하는 걸까

잠시 멈칫하더니만 맹렬한 사투를 벌인다

6남매를 키운 아버지의 깡마른 귀

생을 구걸하고

절벽을 관여할 때쯤이면 귀부터 감추었다 아니 접어야 했다

멀쩡한 청력으로 귀가 잘 들리지 않는다며

간단없는 바람을 휘저으며 목을 꺾고 여름을 버텼다

지독한 누추를 걸치고

근근이 얽어놓은 뼛속 불빛을 근심하며

고독하게 금 그어진 선 밖에서

눈가를 적시는 모습

비스듬히 봤다

쥐불 꺼지듯 마지막 두 손을 모았을 때
새카맣게 그을린 아버지의 귓바퀴에서
이슬처럼 희고 둥근 새소리 끝없이 흘러나왔다

어디서 세찬 죽비竹篦가 내 어깨를
내리친다

한재여관

경매 딱지를 받아 든 한재여관 뜨락

시들한 목단꽃 덤불이
심하게
붉을 궁리만 하고 있다

잡티를 두른
향을 포기한 꽃들 웅성대며
엉덩짝이 통실했던 오래전 얘기로 깔깔대며
서로의 고백이 되어주고 있다
선홍색 입술로 저녁을 유숙할 시간
지났는데도
여태 기웃대는 걸음들이 없다

대신
낡은 침대에 진입한, 대기권 안으로 뛰어내렸다는 별똥별이
추억에 잠겼다 몸만 빠져나간 후
허접한 신세타령이 변방 곳곳을 긁어놓으며

단란했던 한 칸 처마에 젖으려 한다

불안한 단어로 꽂혀 있는 차압 문서 몇 장이
미리 도착해 시간을 다그치고
엊저녁 꽃과 꽃 사이를 들락거린
허름한 침대들이
OB 맥주 네온사인에 협조를 구하다
공연히 눈썹만 하얘졌다

퓨즈가 나간 햇볕, 출입구 밖으로 던져지고
놀란 암고양이 눈을 접고 뛰쳐나가는

설마 하는 예감
적중했다

콩나물국밥

따끈한 콩나물국을 먹다
문득 대학 시절
학교 앞 할매 콩나물국밥이 떠오른다

주머니는 늘 비었고 아니 주머니는 없었다
누가 돈을 내는지 꾸물대다 풋내 나는 남학생의 좁은 어
깨 사이로
민첩하게 빠져나갔던

소금과 콩나물의 조합
나도 이다음에 요만한 국밥집에
그럴싸한 경전 한 대목 걸어두고
보조개도 없는
이두박근이 불룩거리는 착한 학생들에게 공짜 국물을
원 없이 퍼주겠다 다짐했다

멀건 국 사발과 밥 한 공기로는 턱도 없었던 청춘
우리는 무사처럼 얼굴을 붉히며

패기를 쏟아냈다

간첩 앞잡이를 때려죽여야 한다고
정치 모리배를 방망이질해야 한다고
이가 맞지 않는 헌 문짝과 개구멍에 찬바람이 덮쳐
엉덩짝이 얼음 같았던 그때

말이 국이지 맹탕인 소금물에 콩나물 몇 개 띄운 게 전부인
그것을 찬양하며
새벽 별 무리가 서쪽으로 기울 때까지
천둥번개 같은 소리 쩐 골목에 날렸다

비계 국물이 찌운 살찐 몸뚱어리 굼뜨게 틀어
혹한과 땡볕을 끌어당긴 당돌한 청춘을 불러보는

근근이 형기를 마친 불빛 멀리서
떠듬떠듬 되뇌어 보는 화양연화라는 말

제발, 산수유

더 간절하다면
이쯤에서 머리를 조아려야겠다

계절이 후퇴할까 봐 그제 복사해 둔
체온을 전송하고
따뜻한 잠 물린

작은 눈발의 이탈을 염려해 길목을 차단한

늦도록 뒤척였다

탁류가 흐르는 곳
숨을 몰아쉬는 물고기처럼
바둥대며
제발 노랑으로만 남게 해달라고

봄볕에 가담한 내 작은 안식이니
묵묵부답이라도 좋으니 그대로만 있게 해 달라고

허락된 색으로 산허리 밑줄 그어

천지간 붓질 서두른 앙탈진 수런거림

봄날 다음은 네가 나를 기다려야 할 차례라고

오롯이 몸 떠민 날

공손을 고집하는 춘삼월 향해

빠르게 보폭을 늘이는 눈치 밝은 산수유

어느새 뒷짐 진채

우려했던 정장 한 벌로 마침맞게

바람을 손질하고 엉덩이를 들썩거려

청춘을 완성하는 저 노련함

제3부

지독한 기다림

지독한 기다림

30년 된 산벚나무 앞세워
부처 만난다는 극락전 종래 소식이 없다

하심下心 핑계 삼아
홀로이 당신 뵈려 백날 동안 어지러웠다고
골똘한 날만 있어 어제보다 안색은 깊어졌다고

번뇌를 단속하고 백 팔번 삭혀
울렁거려 돌아눕지도 못한
흐물해진 경經

입술 깨물며 허물조차 용서할 수 없다면
계절의 끝물쯤
눈길 한번 보시해 달라고

보리수 향 받쳐 들고
고백이라 여기는 내 후일담, 당신 슬하에
궁핍하게 묻으려 했는데

누운 채로 옷을 입고 윗목은 핼쑥한 밤으로 잠을 앉힐 뿐

저문 날의 간청을 그늘처럼 밀어내며
당신은 또 딴청으로
꽃질 날만 기다리라고

바람은 댓돌 위를 말끔히 쓸어 놓고

근심처럼 얹어 놓은
산마늘 작약꽃 귀를 열어
소리 쪽으로 길 터 줬는데

무심하게 돌아앉아
다시 한 계절 비워내라는 언약만 종일토록

찰나의 생각들 차곡차곡 적막으로 쌓아두라만 하니

다시, 꽃
— 코로나 이후

40도 열기로 몸을 앓은 후
목련은 둘레에 역병이라
쑤군댔다

봄은
나른한 햇살을 흘리며
명자나무 뒤축을 간질이고

환해지려면 얼마를 더 기다려야 하는지
독백조차 느슨해질 무렵

푸성귀 같은 목젖으로
울부짖으며

안 돼요 봄이에요
난 나가야 해요
사춘기로 붙들린 사내놈 같은 칙칙함을
밭은 가래처럼 뱉어내야 해요

어둠을 쪼개
혀 밑 바이러스 미끄러지듯 쏟아내고
첫 감성으로 몸을 헹궈 낸
담벼락 노란 모가지들

중심을 돌아 나온 모진 것의 안부가
몸살기를 들어내
발아조차 포기했다는 새빨간 거짓말

깊이를 회복한
완전한 봄 저녁을 내보내고
울타리를 거두며 덥석 유채로 남으려 하고

들썩이는 연두는 울음을 거두고 떨림을 챙겨
가파르게 굵어진 엉덩짝을 손보는

적당한 거리에서 어미 새는 불평 없이
둥지를 틀었다

어떻게 하면 되겠니

짤막하게 쥐여준 계절 끝물쯤

엘리베이터 안으로 뛰어든 단풍잎 한 장

찬 눈 굴리는

적의에 찔렸다

이미 눈자위는 짓물러

너 외침은 들리지 않지만

볕살 몸 벌려 양껏 들이마시고

발치를 따라가며 멀찌감치

가을 한 장 챙겨주려 별나게 울었던 적 있었으니

부리가 닿을 때마다 촉감은 친절하여

붉게 줄다리기한 숲의 위세를 동였는데

어쩌자고 낯선 사각지대에서

황당한 조문을 구하려 들었을까

돌아갈 십일월 늦게
방목한 조랑말 해가 지면 꾸역꾸역 걸어 들어와
숙면을 찾던 그때처럼

나는 너를 무어라 불러줄까

물 올려 꽃 돋우는 산, 목청이 헐 때까지
당신의 붉음만은 고스란히 옳았다고 소리치면

나는 잠깐 웃고
너는 오래 운 울음 그치고

빈손만큼 슬퍼해
쌓인 시간 건너뛰고 배불리 위로하면 편안해질까

법주사 단풍

약속된 계절이었기에
붉게 범람하려 강요된 몸

물드는 시간
일찍 때로는 늦게까지 읽고 있다

첫눈처럼 몰래 왔다
가파른 눈속임 방관하지 않으려
셔터를 눌러 배경만 훔친다 하기에
널린 생각, 생각 없이 주워 담았지만

내 사소한 물듦은 아무도 알려 하지 않았다

이제 곧
기침 소리가 들리면
언제 적 붉음만 기록해야 할 시간 임박할 텐데

내 견딤이 필요한 찬 목소리로
철마다 얼굴 바꾸는 단풍이라는 말 대신

고독한 붉음으로 하루를 버는
일주문 노을이라고 불렸으면 좋겠다고

가벼워지기 싫어
겨드랑이 서늘한 말들은 꿀꺽 삼키지만
반복되는 내 말은 어길 수 없는 사랑이라 돌려 말하면 안
되겠니

발아래 산그늘은
곧 무너질 것 같은 만삭의 차림으로
아침마다 벼른 속리산 이치에 흐린 등燈으로 있길 원하고

해가 지면
무량한 풍경 몇 북적대는 틈 사이로
몸을 접어 뒤척이다

돌아누운 생각 달랠 틈도 없이
야단법석, 은행나무, 화살나무 다 붉어 버렸다

그날

야자나무가 어쩔 수 없이 크는 이유를 알겠다

우레 비와 뜨거운 햇살이 365일을 들볶는 나날

더러는 사랑을 앓는 척 굼뜬 척해봐도

호이안 남태평양 바닷살의 속내는 진즉에 넉넉하니 말이다

하염없이 펼쳐진 길을 반쯤 접고

내 앞에 선 딱 고만큼의 정취만 골라 담기도 벅찬

어쩔 수 없이 귀를 열어야 하는 저 해조음 반만 취한 채

나는 무속인처럼 눈을 감았다 떴다를 반복하며 쉰 살 초입을

모래톱 앞에 세운다

각졌던 한 생을 펼 이유를 몰라도 되는 오늘

렌즈가 통사정한 풍경 몇 칸은 간절한 경계를 들고 미리
와 있었으니

정수리에 떨어진 일순의 광채, 쏟아지는 탄성은 감당이
되지 않아

나는 더 이상 어떤 의미조차도 부여할 수 없다

내 육감에 토를 달며 아오자이 붉은 웃음을 가만 쳐다보면

눈으로 쓴 문장 몇 줄이 물방울처럼 튈 것 같다

햇살과 초록을 흠모하는 일로 편 가르기를 소진하는 지금

바니안나무*를 들썩이게 하는 바람의 간절함은

차분한 표정으로 낮빛을 채우려 하고

낮은 호흡을 고집하는 우주의 둘레를 지긋이 응시하면

악악대는 풀벌레 소리에 바니안의 그늘을 한참 더 볼 수
도 있겠다

* 베트남의 나무.

있는 듯 없는 듯

벚꽃 다 져 내린 4월 마지막 날
산뽕나무 뒤에 숨어
연한 빛으로 계절을 숨겨놓고 있는

보일 듯 말 듯 그러나 보이는

꽃의 뒤태가 잊혀 질쯤
사부작사부작
북쪽 춘양 골 산비탈 맨 아랫단에
소박한 등 하나 걸어놨다

저문 것 저희끼리 풀어내는 담백함
늦게 들고 온 풍경에 반듯한 예의를 갖춰
색을 치르고 돌아가는 산길 쪽으로
열병식 치르듯 얼굴을 내주고 있다

기억을 흘리는 시간 짙어지고
물오른 이마의 치수가 빈약하지만

내 의지로는 가둘 수 없는
아직은 꽃이라 불리려 숨겨둔 회춘의 알약
한입 발설해야겠다고

자존심 겨우 얻어낸 봄 한 귀퉁이
지상과 흔쾌히 결별하며 길목을 차단하는 꿈
놀라 깬
속도를 놓친 꽃도 분명 꽃이러니

흘깃
다시 보니
춘삼월 벚꽃으로 환하게 기록해 달라는
나를 지우지 말아 달라는 표정
역력하다

집에게 보내는 헌사

한동안 집을 비운 사이

저녁 헹굼 질에 손을 넣어
온도를 올려놓는

완성도가 더딘 내 문장이 미처 날개를 털어내지 못하는
사이
　평서문으로 완만하게 어눌한 행을 지우는

구석을 다독인 야무진 손
고봉으로 담긴 햇살 떼 내
출출한 목덜미 들이밀 초저녁을 준비하고

잎이 단출한 벤저민에 가위질을 덧대 군말을 생략하는
갈잎으로 혀를 내민 화초에 물을 건네고

내 윗도리를 뒤적거리며
지지직 정전기를 관리해 준

대청마루 가득
달빛을 당겨 뿌려주며
사무칠 일도 없는 칸칸을
꼬옥 덮어주고 있다

반쯤 걸터앉은 근심에 살을 발라
조신하게 앉혀두고

부재중인 걸음에 귀를 높여
당도하지 않은 어둠 미리 손질해
한 채 가득
베개를 고아 준

밤새도록 젖을 물려
까마득한 유년의 잠을 두드린

배냇저고리 아랫목에 눕히는, 내 엄마 같은

꿈에라도 춘자 씨

꽃집 아저씨 오수에 푹 빠졌다

오월 한복판을 지나는
재스민의 호위를 받으며
낭만을 주체하지 못해 어깨띠에
바람을 단단히 둘렀다

울긋불긋한 수다가
하오 3시를 통과하며 시끌벅적 정수리를 쪼개지만

오로지 춘자 씨 단독인 봄을 염탐하는 엉큼함이
허리춤을 붙든다

지금 그녀의 술잔 속에 파도를 불어넣어
양귀비도 울고 갈
순백의 꽃잎 한 장 띄우려던 참이다

거지 같은 생이라던

봄날 한복판

달달한 사랑의 암호가 오갔을까
널브러진 햇살 사방으로 쫓아내고 커튼을 내려
순정인 양 그녀를 고집하며
잠꼬대 웅얼거림이 제법인 저 사내

히아신스, 아젤리아, 제비꽃
골똘하게 내려꽂히는 절정의 꽃 마다하고 푼수 없이
허전한 옆만 손 뻗치는

세상 밖을 돌아 나온 나른한 시간이
몸을 덥힌 입맞춤을
해종일 권하는

졸음, 맛있다

복사꽃 후기

40년 된
재개발 아파트 담장 너머로
복사꽃 피었다
그늘 평상 위
노인네 몇 흐릿한 눈빛을 보태며
꽃의 이력을 들춰내다
끝내 허공을 받아들인다

붉게 도배한 꽃문양 아래
물오른 근육으로
자주 탈로 난 입맞춤 있었다며
청춘을 채질한 까마득한 길목엔
슬픈 사연만큼 꽃가루 격렬했다며
냉한 언어들에 싸인
틀니, 덜커덕거린다

담장 허물고
포클레인에 업혀 거처가

불분명한 포물선 안에서

냉큼

사랑을 건져 야반도주를 꿈꾸던

갈필로 그려진

꽃의 뒤태가 양껏 노릇노릇 부풀었던 그때를 불러내어

누군가의 생을 거들며 발 옮긴다

찬 시간을 이기지 못한 꽃의 호들갑

그늘을 옮기고

늙은 고양이

꽃잎 몇 장 밟으며 침묵을 쏟아내는

시간 밖으로 뛰쳐나가 돌아오지 않는

만개했던 잎들

눈먼 여름날

태풍으로 뿌리가 뽑힌
30년 된 플라타너스를 본다

나무는 나무와 마주하며 강 쪽으로 발을 모으고
잎은 맹렬히 머리를 풀어 허리를 포기한 채 잠에 누웠다

울부짖음의 자세가 저런 것일까

족쇄처럼 채워진 한 생의 빗장을 푸는 일
하필 죽음으로 집중해야 할 일일까
그것, 놓아버리면 그만인 것을 무에 그리 다급했을까

몇 겹의 바람이 화급히 다녀가고
검은 새 우르르 둥지를 쪼며 깨우려 한다

여름을 채웠던 저 근육을 당기면
예열된 시간도 없었는데
초록의 진물이 하마 흥건한

밤잠을 숨겨 은밀한 번식을 다툰, 출생의 고단함을
울음으로 고집했을

살아 돌아와 숙면에 든 그늘을 걷어 내고
오고 간 햇살 힘껏 구워
폭풍같이 경작한 여름을 읽자고 하던

햇살은 조문을 마치고
나는 천 개의 시간을 쪼갠 여름 중심을 남김없이
파인더에 쟁일 것이다

구겨진 종이비행기와 날리다 만 가오리 연鳶 들이
나무에 걸린 유년을 쓸어가 버렸지만

쟁탈

복잡한 버스 안

늙수그레한 남정네
젊어 보이는 여자의 자리를
계속 노리고 있다

저것은 내 먹잇감이란 듯
눈을 고정하고 있다

스무 번의 정거장이 지나도
여자의 엉덩짝은 점령군처럼 당당하다

당연한 하늘 위로 구름을 뒤집어쓴 양 떼가
오늘따라 유유하다

먼저 선점한 무르팍에 늦은 햇살이 다녀가면
흩어진 가로등은 불을 댕기고
매달린 창문은 바짝 몸을 긴장시켜 땅거미를 보호한다

남자의 노려봄이 여자의 젖가슴을 출렁출렁 찔러대도
목울대가 뽀얀 창밖 걸음들을
느긋하게
훑으며 시간을 털어낸다

입을 실룩거리며 뒷덜미 쪽을 부라린 남자가 내리고

자리 보존을 확실히 한 쫄깃한 시간, 즐긴다

검은 슈트가 말끔한 가로수 옆 저 선글라스 청년
연신 땅을 훑으며 시곗줄을 만지작댄다
혹 저 사람이라면 겨드랑이 쪽을 가볍게 틀어 상큼한 곁
눈질도 거들 텐데
한 번쯤 부쩍 가벼워져
끄덕끄덕 종점까지 손동작도 곁들이며 웃을 텐데

불빛이 필요해
― 경순이의 산문집

소꼴만 베고

멀건 보리죽 한 그릇으로 해 긴 날을 보냈다는

경순이의 첫 산문집이 내게로 왔다 젖은 글로

가난이 도꼬마리 풀처럼 붙어
활자는 지쳐 있고 부기가 심하다

무거우니 얼른 짐을 내려 달라는
얼룩을 그러모아 유년을 울었으니

슬픔의 간격을 좁힌 뼈마디가 오래 방치되어
절반은 틀린 맞춤법이
좌충우돌 그럭저럭 속을 다지고 있다

누gnu 떼처럼 이어지는
바짝 마른 문장들 링거를 꽂고

죽은 나무를 조문하는 거친 산바람이
낙엽을 동여 정오를 쬐는 일
슬픔, 품을 넓혀 모여 있는 늦추위쯤이야 부둥켜야 된다고

쾌청한 휘모리장단에 얹혀

울퉁불퉁한 세상을 돌아 나온 순한 모서리 앞세워
통 큰 고함을 준비하면

넌 다시 내 서가에 꽂혀

물푸레나무 햇가지로 키를 키워 폭을 늘리고
닿을 수 없는 빙하기에도
마른 입 다시며 한 줌씩 흘린 언어로

거친 더듬이를 조롱한 구차한 골목에
갓 따온 아침을 차리면 안 되겠니

왓 우몽*

허리 잘린 부처 목청을 높여도
보리수나무 눈도 주지 않는다
버둥거림이 심했는지 손톱이 새까맣다

눈알 빠진 석불 엉거주춤
승천도 못 한 속내 부축을 받고
어디서 바스락거리는 소리 들린다며
귀를 찾는다

어쩌다 불佛이 되어 꽃살문 밖으로 내쳐졌는지
천태산 마이산 정기 반 칸쯤 빌려
첫눈처럼 태연히 당신 호사시키려 했는데

하반신 불구 된
목 없는 동자승
부처 등 타고 깨춤을 추며

외눈박이 사랑으로 잘생긴 만어사 절집 아홉 칸을
언약했던 그때

골똘한 당신과 살 맞대며

양지바른 극락전 귀퉁이에 앉은뱅이로 울어도 좋을 기막힌 인과응보

꽃 진 자리에 아무렇게나 박혀 접힌 채로 웃어도 좋겠다 싶다가도

첫 문장 같은 허세로 무릎 내 주며

고단한 땡볕 건너는 일

상관하지 않을 것이다

툭툭 갈라진 부처 뺨에서

산초 향 물씬거려 가던 길 돌아 나와

운명처럼 발을 모으고

미간에 드리운 천년 거미줄 거두고 닦았으니

* 태국 치앙마이의 동굴로 된 사원 그 아래 목 부러진 부처가 어지럽게 나뒹굴고 있었음.

제4부
토란

요즘 어떠세요

대웅전 부처가 옆으로 엉덩이를 튼 것 같다
가만 보니 발가락이 부어 물집이 생겼다

장마에 꺾인 작년 산벚나무 허리통 회복 중이고
햇 모자 눌러쓴 서어나무 중얼거림이
염불 같기도 하고 아닌 것 같은

달포째 싸리비 팽개친 칠성각 동자승
있으나 마나 한 아랫목 온기 불러다 놓고
절집 얘기 무릎 내주고 잠에 들었다

극락전 셋째 칸 연꽃 꽃살문이 삐걱대는 한나절
외눈박이 노각나무
첫사랑 진원지에서 우수수 떨어지는 문장 깁고 덧대다
위작이란 소문에 울컥 눈물방울 밀어낸

근근이 유지하는 매화 근육 살피며
겨드랑이 양껏 내 주는 햇살

함께 사는 것 별것 아니란다

겨울 연옥을 벗어나
슬픔을 경배한 사람살이 꼭꼭 여미며
밤을 끌어 덮는 상원사 종소리

산자락 그늘에 몸 틀어
한데를 용케 견뎌준 시무룩한 부도浮屠*에게

맞배지붕 여럿이
겸손하게 떨어져 있는 세상의 저녁 끌고 와

여태 헛바퀴만 돌린 불심을 가르치는 중이다

* 사리를 안치한 탑.

토란

아무 일도 없었던 척
한 줌 바람에도 항거하지 못한 어린 그것이라 여겼던
뒤란에서 그저 잎 넓히며
순둥순둥 크는 줄 알았다

자주 시말에다 끌어다 쓴
모음과 자음이 함함한 합이라 여겼을 뿐
그 속내
그렇게 독한 아린 맛을 품고 있을 줄이야

알토란같은 내 새끼를 힘주어 얘기할 때도
하얗게 부풀어 오르는 토란 탕 위로
보글보글 끓는 순한 옹알이를 맛있게 뿌릴 때도
눈치채지 못했다

해종일 누추를 걸치고

바람의 목청조차 들리지 않았던

북적대는 시장통
왝왝대는 악다구니 송두리째 맞으며
이리저리
종내 구석으로만 밀리고 내쳐진

차라리 머루 다래 되어 때깔 고운 이마로 한철을 건넸더
라면
먼지투성이 흙과의 간격을 좁히고 평등하게 떼밀려
눈치껏 비밀스런 곁만 쬐끔 흘렸더라도

북북 그어진 뱃속 횡격막에 햇살 서너 근 옮겨
간절하게 훌쩍거리면

누가 뭐라는 매운 체기
말갛게 토해 내
나도 너처럼 때깔 고운 중심에 다시 서고 싶었으니

금포정* 연리목
― 눈부신 짓거리

숲이라 불러야 할 이름이 남세스러운 것일까
사랑나무가 눈치를 주며 안내문 화살표 쪽을 가르킨다

구부러져 끼리끼리 몸 휘감고 바윗돌 아래 숨긴 버선발
　낙엽 밑구멍에 깔려 벌건 팬티를 드러내고 있다 잠깐 눈
요깃거리는 되겠다

젖배를 곯았는지 장딴지 근육이 부실한, 비틀거리지만 엉
기는 맛은 탁월한
　참나무와 느티의 교합, 저것을 완력이라 해야 하나 폭력
이라 해야 하나
　가랑이끼리의 합이라도 볼썽사납기는 마찬가지이다
　서로에게 쫄깃하게 치대는 일이 잦아 그 흔한 성추행도
뻣뻣한 용두질도
　이 바닥엔 흔한 일이라며 부실한 잡초까지 한목소리로 거
든다

　지척에 부처를 두고도 처음부터 눈을 피한 요술꾼들이다

98

대낮에도 틀어박혀

　요지부동 시시덕거린다 점잖은 소나무가 연신 헛기침을
해도 막무가내라 한다

　절집 초입부터 이 요상스런 일이 자행되니 은해사 부처
머리가 지끈거리겠다

　나이 지긋한 금강송은 이 흐느적거리는 구도는 태초부터
허용된 것이며
　청정 골짜기 메아리도 못 본 척 버려두라며 관대하게 편
을 든다

　보이는 것이 전부가 아니라는, 마음 드잡이에 오래 뜸을
들이라고
　세상만사 생각하기 나름이라는

* 은해사 소나무 숲.

해마다 취하다

꽃물 발등에 눌리고 채여
나는 지금 흐린 창을 마주한 채 심드렁하다

하늘하늘한 몸매로 경비행기를 타고
나선형으로 펼쳐진 불안을 덜어내는
고작 여린 분홍으로만 여겼는데

별것 아닌 한 벌을 키우느라

잘생긴 따귀를 핀잔처럼 두들겨 맞으며
눈이 멀어야 보인다는 봄의 머리맡

간절함을 족자처럼 펼쳐
엎어져 쪽잠 잔 대궁이 밖

해마다 사월이면
쌍계사 조용한 부처는 네 전부를 내려놓으라고
소멸부터 들이미는 뻔한 이치

아니 되옵니다 라고 조붓하게 말했지만

당신은 벚꽃 허리춤에 싸여 흥청거리며 걸어갔고
나는 몸을 낮춰 희고 붉은 모양새로
점령군 같은 후일담에 취하려 하고

가파르게 매달린 꽃물, 여우 같은 앙탈 어쩔 수 없어

뜬금없이 바람만 수습한 졸장부 부처

어질어질한 면전에서 낯 뜨겁게
한 번 더 취해야 하는

석류, 붉기만 했을 뿐

아무도 보지 않는 틈을 타
붉게 울었다
먼 곳을 응시하는 척 눈만 뻐끔거리며
기억 밖에 세워 두었던 마음 한쪽은 내 전부가 아니라고

이미 옮겨놓은 몸이라
다만 악착같은 계절을 토해 냈을 뿐이라고
입술 뽀로통하게 내밀어
참말처럼 흘렀다

미처 익지 못한 귀 어두운 소리
오지 않는 안식의 그늘을 두고 다투기만 했던
무의미한 날들 지나가고

언제 한번 크게 안아주면 무화된다는 소식에
발뒤꿈치 들고 야반도주를 모의했으나
될 듯 말듯 끄덕이다 번번이 거부당한
여름 땡볕

닿지 못한 음역에서 종일토록

알뜰히 챙겨준다던 속 깊은 의미 고백이라 믿었지만, 이
내 무화되고

자꾸만 아래로 처지는 아홉 달 반 만삭

몸은 무겁게 멀어져

어디에 뉠 곳을 두리번거리는 지금

근근이 끌고 온 늦은 시월 맞짱 뜨듯 불러내

왈칵

마지막 공중을 부수었네

비 오는 날의 수채화

전기료를 꽤나 물고 있는 우리 집 고물 에어컨은
요즘 좀 적적하다

나는 가느다랗게 몸피를 줄여 간당대는 처마를 이고
막 하지를 지나는 연잎 옆에 서 있으니

오늘은 전화벨이 울리지 않아 에디트 피아프의 불란서 샹
송을 끝까지 들을 수 있겠다

할머니 말고는 보고 싶은 사람이 없다는
8살 난 초등학교 손녀는
과제물을 풀어내느라 당일치기에 코를 박고 있다

학수고대하고 있는 과학자의 꿈을 섬 집 아이의
엄마 기다리듯 기다리고
손가락을 폈다 오므리는
덧셈과 뺄셈의 끙끙댐에 빗소리가 툭툭 끊긴다
동그랗게 혀를 굴리는

콧소리의 영어 읽기는 이제나저제나 참 난감하다

나는 파를 다듬고 묵은 시래기를 앉힌다
305호 위층, 근대 잎 삶는 시큼한 냄새가 안으로 들어온다
살구 향 같은 냄새가 아니어도 바람이 길어다 준 풀 내는
참을 만하다

칠월이 오면
바람의 높이를 재는 계절이 살빛으로 섞이는 시간 있어
물살에 떼밀린 물 주름에 또 시름을 들여놓아야 하는 일
건네받은 무료함의 지혈법을 몰라
어리둥절해하는 사이

바람은 비의 향기를 끌고
또는 그것의 울음을 끌고

나는 밤손님처럼 담장 위 낮은 창을 여는 버릇, 또 생기겠다

짧은 순간 긴 이별

뒤 베란다에 불을 끄지 않았군 여태
중얼거리며 스위치를 누르는 순간
앗!
고층 아파트 틈새로 막 지려는 노을 한 귀퉁이 비집고 들
어와
쌀자루와 마늘, 구질구질한 세간살이와
조붓하게 도란도란이다

우주의 한 토막이
하루를 마감하는 이별식을 치르느라
짧게 혹은 가늘게 오종종 매달려 있다

엄마와의 헤어짐도 그랬다
말간 웃음으로 내 머리를 쓰다듬고 숨 가쁘게 수어 몇 점
떨구시더니
쫓기듯 눈을 감으셨다

체온이 그대로예요 젖내가 아직이에요

우리는 소리쳤다

핏기 없는 향을 맡으려 우르르 달려가 킁킁거렸던

찰나였다

입담

펜 문학 시 전시실에서
시력 40년인 시인 김동원 선생님을 만났다

깁스한 내 손을 보자마자
"요즘 남자들 대낄로 말 안 듣지요"
거침없는 입담에 나는 철퍼덕 주저앉아버렸다

상수리나무에서 덜 익은 도토리가
소나기처럼 와르르 쏟아지고
성난 패랭이꽃들 머리를 꼿꼿이 쳐들고
땡볕 위에 또 여름을 포갰다

빗대고 퉁쳐도 말귀는 알아들어
절룩거렸던 내 빈곤이 당당해지려 한다

출처를 알 수 없는 글썽임으로
어쩌지
오늘은 둥근 저녁 한 칸을 펼쳐도 되겠다

구질구질한 보따리 속

향 나는 숲 한 다발 쟁여 넣고

내 심장을 관통하는 날마다의 신선한 말

나를 회복할 시간이 꿈지락대며 다가옴을 아는

야생동물의 긴 혀를 빌려

해거름 우주를 핥고

삭정이처럼 내려앉은 내 비대칭 어깨로

몸, 환하게 딴엔 나를 멀찌감치 버려두려는 생각일지도
모르는

소리가 깊은 악기 하나 마련하는

어둠, 그리고 그다음

어두컴컴한 세 평 방
알전구가 걸음 들어가
햇살을 거둔다

사방은 짙은 푸름으로 이내 어둑해지고
작은 우주가 허리춤에 감겨
모양새를 갖춘 우두커니가 되려 한다

길목을 차단했던 지상이 처음으로 돌아서고
주위를 맴돌고 있던 나는 당신을 흘린다

단단히 잠긴 별 맨발로
커브가 불안한 꼭대기를 친절히 탁본해 미리 알려주는

새들이 절벽 아래서 날기를 거부하고
세상에 드문 소리로
코를 골고

어둠을 수호하는 반딧불이
속도를 덜어내
완만한 비행으로 무릎을 조절하면

오른쪽으로만 닿아 있는 삐딱한 이마가
견딤이 필요한 찬 바닥을 만지작대기만 해도
봄밤은 비밀스럽게 웃음을 웃는다

부쩍 가벼워진 혹은 지루하게 펄럭인 몸
윗목 냉기를 섭렵한 잠꼬대가
그믐처럼 코를 골아도

아무도 불평하지 않아 친밀하게 지낼 수 있겠다

그런 예의쯤은

10센티미터 정도
잘려 나갈 내 머리카락에 반듯하게 두 손을 포개
마지막 예의를 다하기로 했다

거품이 심한 비누로 머리를 감긴 후
허리를 바짝 구부려 한 올 한 올 뜨겁게 매만질 것이다

질끈 묶어 선 머슴애 같은
주근깨투성이인 내 얼굴에
부드럽게 다가와 이마를 올려
눈을 간질이고

바람의 방향을 알아차려
결 고운 빗질로
굳은 표정 포근하게 혹은 또렷이 또 다른
내가 있었으니

이따금 토라진 듯 귀밑머리 들이밀어

금세 들키는 속내를 찰랑찰랑 무화시킨

닳도록 스친 것이 이 생에 또 있었을까
끔찍하게 몰두하며 몸 붙인 일 있었을까

화장을 곱게 한 엄마의 야윈 귓불에
우리 다시 만나요 라며 이승의 마지막을 건넸다

아름다웠던 날
창포 물 적신 삼단 같은 머리 어디 가고
헝클어진 몇 올 백발로 얼굴 감싸며

아침나절 찰방거린 비누 향이
먼 길 배웅 받으며
희미해진 지상을 물리고 있는

수국꽃처럼 만발했던 머리, 그 계절도 가고 없으니

어떤 밥상

충북 제천 지곡리 웃말 박물관에
머슴들이 먹었다는
보리밥 한 상이 차려져 있다
소반 위
종지와 주발이 생쥐 같은 눈을 뜨고
하루치 끓음을 고단하게 이체한다

밥알을 박박 긁으며
허겁지겁 부딪쳤던 수저들
짊어진 노동을 고쳐 쓰고 다듬었을
시커먼 등짝들, 부딪치면 사무칠 것 같다

가난이 거든
안쪽과 바깥쪽도 끝물이라 산 것 같지 않게 살았으니

세상은 불평등한 물집투성이기에
밥, 밥의 목구멍으로 간밤 눈물자국을 닦았다

그때의 생은 다 그랬다고
맷방석 위 참새 한 마리
함부로 짹짹거리고

찌든 것
그 지독함조차도 건망증 환자처럼 반복하다
구질구질한 세월로 흩어진 지금

톱니가 뾰족한 산구절초 밖으로
가을 몇 마디 쓸쓸히 건너가고 있다

시간의 환부를 고딕체로 앓히면
죽어도 정짓간* 앞에서 죽겠다는 지독한 밥의 논리

모로 앉아 눈을 감아도
아득한 말은 아니다

* '부엌'의 사투리.

허공

K-의료원 종합 내과는 장터 같다
못생긴 간호사의 목은 비대해져 있고 절뚝거리는 발들이
소음 부리듯 삐딱하게 자빠져 있다

나는 구름의 농도와 간밤 허공으로 날아간 뻐꾸기를 생각
하고
로버트 테일러가 열연한 푸른 밤의 애수를 떠올린다

화살표 방향 암센터를 비추는
30촉 백열등
가끔 희미한 울음으로 귀신 만나러
따각따각
빨간 머리가 지나간다고 입을 모은다

어디로 가는 것일까

참한 님 만나 빚덩이처럼 불어 터진 환부 벗어던지고
애틋한 피붙이 저승꽃도 만난다는 소설 같은 사연에

귀를 막고 잠시 어질머리 눕히는

퀭한 눈으로
결핍을 두른 생 조금씩 덜어내는 노파
낡은 삼륜차 덜커덕거리는 바퀴에 간신히 몸 얹힌 지금

조금 전 철제사다리에 부러진 오동나무가
어디론가 실려 나가고

나는 문수가 맞지 않는 신발을 끌고 양껏 불편해지고 있다

콘크리트 옹벽에 부딪혀 서성대는 낮달
인생, 결국은 붉다는 모호한 얘기에
조화 한 다발 기꺼이 올려놨다

갑상샘암

이것도 꽃인가
뇌하수체 호르몬에 균형이 깨진
화관 하나 얹었다

나를 여인이라 불러준 첫 말
몸을 찌르며
물오른 목단꽃의
유두를 사정없이 누르던
모로 누워 앓도록 그리워한 그것
층층 야위어 꽃으로 가는 길을 잃었다

긴 갱도를 지나
목울대 중간 어두운 지하방에
좀 건방진 사내와 부전나비
살림이 거덜 났다는
합일을 조립하기엔 늦었다는 소문이다

전류를 방전시키며

어둠을 증폭시키던 거친 늑대

여러 번 붉었던 알몸, 향기만 보쌈해

잠적해 버렸다

독기를 뺀

울음다운 울음을 챙겨

깊숙이 혀를 밀어 미끼를 물면

품위를 지켜 배분받은 젊음 서넛

차례를 받을 수 있을까

남주희의 시세계

세상의 애락哀樂을 나의 가슴에 품는 방법

이숭원

세상의 애락哀樂을 나의 가슴에 품는 방법

이숭원

(문학평론가, 서울여대 명예교수)

1. 신세계의 미학적 구성

1906년 리투아니아의 유대인 집안에서 태어난 철학자 에마뉘엘 레비나스는 유럽의 격동기를 거치면서 자신의 독특한 윤리학을 개척했다. 다른 현상학자들이 자아에 집중한 데 비해, 그는 자기와 다른 타자를 인식함으로써 타자에 대한 윤리적 책임감을 통해 나의 주체성이 구성된다고 생각했다. '타자의 얼굴'을 발견하기 위해서는 지평의 전환이 필요하다. 자아 중심의 획일성에서 벗어나 무수한 타자의 얼굴을 발견함으로써

'나'의 한계를 초월할 수 있고, 타자에 대한 '윤리적 책임'을 자각함으로써 '나'의 구원에 이를 수 있다고 했다. 타자의 발견과 윤리적 책임이라는 개념은 전후의 유럽 지성사에 큰 영향력을 행사했고 문학에도 상당한 파장을 일으켰다.

남주희 시인은 이전의 시집 『눈부신 폭서』(2021)에서 돌아가신 부모에 대한 추모의 정념에서 출발해서 타자 인식에 관심을 기울인 바 있다. 타자를 통해 주체의 위상을 재정비한 시인은 자신과 무관한 타자의 양태를 정밀하게 관찰하고 점착력 있게 묘사함으로써 타자 인식의 지평을 넓혔고 그 지평 위에서 자아를 성찰하고 인식하는 단계로 나아갔다. 이 성과는 시인의 독창적 창조 작업의 성과였다. 이번 시집에서 남주희 시인은 그 독창적 시각과 상상력을 더욱 역동적으로 밀고 나가 일상적 공간 내부에 생명의 기운이 움직이는 모습을 드러내고 고요한 정적 속에 은밀하게 생동하는 생의 기미를 포착하는 새로운 국면을 보여주었다. 이것은 시인이 개척한 또 하나의 경이로운 신세계다. 그 새로운 세계의 미학적 구성을 가능한 한 자세히 알리는 것이 이 글의 목표다.

2. 생활의 역동성과 삶의 비애

시의 성취는 새로운 발견에서 온다. 색다른 대상을 선택하거나, 대상에 대한 새로운 인식을 제시하거나, 대상을 표현하는 방법이 첨예할 때 새로운 시가 탄생한다. 이러한 새로움의 성취는 시인 내부에서 치열한 싸움이 벌어져야 달성될 수 있다. 예술사의 진경은 예술가들이 내면의 고투 속에 창조해 낸 신생의 결실로 채워져 있다. 예술가들은 자신이 다룰 수 있는 재료를 활용하여 세상에 없던 새로운 형상을 만들어 낸다. 일상 언어의 결합인 시가 예술의 차원으로 상승하기 위해서는 새로운 조합에 의한 화학적 변화가 일어나야 한다. 산소와 수소가 결합해서 물이 되는 것처럼 유기적 융합에 의한 새로운 도약이 이루어져야 한다. 화학적 변화를 이룩하는 일은 쉬운 일이 아니다. 이 작업은 시인의 피와 땀과 눈물을 자아내게 한다. 시인은 이 고역을 축복으로 알고 창조의 열매 하나를 맛보기 위해 고독의 과업을 수행한다.

　　남주희 시인은 새로움의 탐구 중에서도 관찰과 표현에 힘을 기울인다. 탐구 작업은 여행과 답사로 이어진다. 그는 어느 시골 장마당에 가서 철이 지난 듯한 악극 쇼의 다양한 단면들을 정밀하게 관찰하고 거기서 생의 아픔과 생명의 파동을 찾아낸다. 소재가 특이하고 대상을 바라보는 시인의 시선이 예사롭지 않다.

　　덜 핀 매화꽃 사이로 장 구경을 다니다
　　백두산 악극 쇼라는 천막집을 들여다본다

난쟁이 가랑이에 낀 만신창이 된 각설이 몸뚱어리

앞니 빠진 잇몸이 온통 히죽거리면

천장을 뚫는 풍악 소리 난데없다

멀뚱한 8척 사내의

품바 수염과 눈알

아무렇게나 갈겨놓은 검은 화장법의 태연함

앞서가는 꽹과리로 출렁대는 소리 낯가림이 없다

울려고 내가 왔냐고

생이 별거더냐고

허공을 싸안는 중심이 버티려 해도

우울 몇 겹 좀체 깨어나지 않는다

파장은 고단했고

열창하는 홍도야 우지마라 박수 소리는 간간이다

참빗과 치약을 팔려 댕기를 맨 여남은 살 아이에게

쭈물쭈물 구겨진 지폐 한 장을 건네며

몇 살이냐를 불쑥 물었다

대책 없는 그것의 근원을 물은 불편함

되고 싶어 되었겠나

추스르지 못한 몰염치가 나를 딱하게 돌아봤다

품바는 품바대로 덜 핀 매화꽃은 덜 핀대로

늙은 각설이 그만큼의 한풀이로

또

울컥거리며 날아오를 고단한 봄날

— 「장 구경」 전문

　매화꽃이 아직 피지 않은 이른 봄철이니 추위가 아직 가시지 않았을 것이다. 장마당 어귀에서 "백두산 악극 쇼라는 천막집"을 들여다보았다. 거기서 악극 쇼를 준비하는 예인들이 일종의 예행연습을 하고 있다. 일견 친숙하고 일견 기이한 장면들인데, 그 안에 담긴 사연이 굴곡진 생의 비애를 자아낸다. 악극 쇼의 단골 메뉴인 난쟁이가 나오고 8척의 키다리 사내가 나온다. 온몸이 일그러진 분장을 한 각설이가 난쟁이 가랑이에 끼어 앞니 빠진 잇몸을 드러내고 히죽거리면 천장을 뚫는 풍악 소리와 함께 사람들의 슬픈 웃음이 공중에 퍼진다. 키다리 사내의 얼굴은 품바 수염과 커다란 눈이 검게 그려졌고 꽹과리 소리 울릴 때마다 검은 눈알을 굴리며 흉한 얼굴을 끄덕인다. 울리는 풍악 소리는 흥을 돋우는 역할을 하지만, 한물간

연희를 보는 화자의 마음에는 우울의 음영이 드리운다. 그야 말로 난쟁이 같고 각설이 같은 이 예인들의 구슬픈 삶의 내력이 자꾸 떠오르기 때문이다. 표면적으로는 역동적인 기예 장면이 묘사되었지만, 그 내면에는 생의 비애가 도사리고 있다. 우울과 비애의 체감 속에 눈물과 웃음의 희비 쌍곡선을 감상하는 일은 고달프다. 연기자들은 열창을 토했지만, 한물간 곡예임을 아는 대중들의 반응은 인색하다.

　홍겨우면서도 구슬픈 장마당 객석에 댕기를 맨 여자아이가 참빗과 치약을 팔고 있다. 여남은 살 되어 보이는 그 아이에게 구겨진 지폐 한 장을 건네며 몇 살이냐고 물었다. 친근감의 표현으로 나이를 물은 것이지만 갑작스러운 질문에 그 아이는 당황한 표정을 짓는다. 장터를 유랑하는 아이에게 나이가 무슨 의미가 있을까. 무슨 사연으로 이 일을 하게 되었는지 그 아이도 정확한 내력은 모를 것이다. 모두가 시절 인연 탓이라, 세월은 이렇게 흐르고 계절은 덧없이 변하는데 고향이나 나이를 묻는 것은 염치없는 일이다. 바람 불고 먼지 이는 풍진風塵 세상에서 품바 타령은 그것대로 흐르고 덜 핀 매화꽃은 덜 핀 대로 머물면서 한풀이 같은 악극 쇼의 어설픈 풍악 속에 고단한 생의 한 장면이 지나가는 것이다.

　여기서 중요한 것은 화자의 시선이다. 화자는 장마당의 악극 쇼를 관찰하는데 타자를 바라보는 주체의 시선이 독특하다. 화자는 이 타자들을 자세히 관찰하면서 그들의 삶의 축도를 암시한다. 그것은 타자의 인식을 통해 자아의 위상을 재정립하려는 자기 단련의 자세다. 난쟁이건 각설이건 품바 사내건 물건 파는 아이건, 그들에 관한 시선은 자아의 위상과 연결되어 있다. 특히 "늙은 각설이 그만큼의 한풀이"라는 말에는 늙은 각설이라는 타자를 자신의 생활 영역과 동일화하는 고도의 전략이 작용하고 있다. 요컨대 시인은 장마당 악극 쇼에서 자신의 분신들을 여러 명 목격한 것이다. 그들은 일견 생동하는 모습을 보이지만 또 한편으로는 비애의 정서를 빚어낸다. 희로애락의 곡예를 연출하는 현실적 존재의 분신들이다. 이러한 시각은 타자에 대한 동질감과 그것을 넘어선 생의 윤리의식을 환기한다. 시인은 겉으로 발설하지 않았지만, 삶의 저층을 힘겹게 살아가는 인간 군상들에 대한 연민과 애정을 분명히 지니고 있다. 그 연민과 애정이 생동과 비애의 양극적 파동을 불러낸 것이다.

「어판장에서」도 이와 유사한 구조를 갖고 있다. 제목이 암시하는 것처럼 어판장의 광경을 면밀히 관찰하여 화자 주체의 시각에서 재구성한 작품이다. 작품 전체에 어판장의 약동하는 생의 활기가 지배한다. 첫 행의 "싱싱한 아가미들"은 새벽부터 어판장에 몰려들어 장을 열고 경매를 하는 사람들의 활기를 나타내는 동시에 그들이 다루는 어류의 싱싱한 색감을 나타낸다. 시의 내용으로 보아 무대는 감포 어물 시장이다. 물기 가득한 사내가 붉은 멍게를 가득 채운 다라이를 부려놓고 살진 철갑상어의 싱싱한 몸통도 보여준다. 갓 걷어 올린 도다리는 초반에 팔리고 주홍색 속살을 드러낸 성게도 흥정에 나선다. 붕장어와 광어도 경매 판에 들어선다. 경매 아저씨가 스피커를 잡고 나설 준비를 하고 상인들은 술잔을 기울이고 모닥불을 쬐며 판이 열리기를 기다린다.

　이 장쾌한 장면들은 밤새 파도와 싸우고 비린내에 부대끼며 그물을 걷어 올린 선원들의 노동 결실이다. 선원과 어부들의 노고를 "주먹질하는 파도", "간밤 속앓이", "밤새 헐떡거린 비린내와 비늘들", "손 시린 아침", "높이를 걱정하는 파도" 등의 시어로 우회적으로 표현했다. 이 우회적 화법은 타자의 인식을 통해 주체로 귀환하는 행로를 열어 준다. 어판장에 생동하는 어류와 구성원들의 번득이는 눈빛은 원심적 동력으로 생의 에너지를 분출한다. 생의 에너지는 생의 시련을 전제로 한다. 시련과 동력이 결합하여 하나의 초점으로 수렴되는 시행이 "생의 목덜미가 자주/ 괭이갈매기 발끝에서 질척거린다"이다. 먹이를 찾아 선착장으로 분주히 오르내리는 갈매기는 여기 모인 어류 및 상인들과 동류의 사물이다. 이 타자의 울타리에 이것을 바라보는 시인 자신도 내포된다. 시인은 제삼자의 자리에서 어판장을 바라보고 있지만 그는 이미 물기 오른 멍게가 되고 붉은 속살을 드러낸 성게가 되어 어판장의 일원이 된 것이다. 또 한편으로는 경매에 나서려는 아저씨가 되어 활명수로 속을 달래고 호가를 부르려는 상인이 되어 술잔을 기울이는 것이다. 시인은 어판장에서 자신의 분신들을 호명하고 그들을 약동하는 생활의 현장으로 견인했다. 그들은 생동하는 모습을 보이면서도 또 한편으로는 생의 아픔을 드러낸다. 이 세상 모든 존재자가 희로애락의 외줄을 타는 곡예사의 운명을 지니기 때문이다. 「장 구경」과 마찬가지로 삶의 저층을 힘겹게 살아가는 서민들에 대한 연민과 애정을 지니고 타자를 묘사함으로써 그들과 하나가 되려는 자아의 위상을 드러냈다.

3. 소외된 존재의 자기 드러냄

마르틴 하이데거는 인간을 자기 의사와 무관하게 세계 속에 내던져져 있는 존재로 보았다. 우리가 스스로 결정하지 않았지만, 세계 속에 자신이 내던져져 있다는 사실을 자각할 때 인간은 고독을 느끼고 불안을 느낀다. 마음에 일어나는 다양한 심경의 양태를 하이데거는 기분(Stimmung)이라고 했고 그 기분이 인간이 세계에 자신을 드러내는 존재 개시의 방법이라고 해석했다. 이런 관점에서 본다면 시인이 대상에 접촉하여 다양한 심경을 일으킬 때 그 반응의 총체는 자아가 세계에 존재의 실존을 드러내는 방식이 된다. 인간은 세계에 던져져 있지만 다양한 슈티뭉을 통해 세계에 자신이 실존한다는 사실을 보여주는 것이다.

이런 관점에서 본다면 고독은 두려워할 정동이 아니라 인간의 당연한 존재론적 반응이다. 예술은 고독의 처소에서 환각을 창조하여 세계에 자신의 실존을 드러내는 방식이다. 그것은 유한하고 고립된 인간의 삶을 넘어서려는 실존의 모험이다. 시인이 어떤 대상에 대해 공감과 연민을 느낄 때 그 정념의 추이는 타자를 통해 자신의 실존을 세계에 드러내는 방식이 된다. 그렇게 자아는 세계를 향해 자기 모습을 설계하면서 영역을 넓혀가는 것이다.

　순정식당에 불이 켜지고
　제일건축 간판 일찍 불 내린다

　로또 당첨 가게 앞
　복권 몇 장 쥔 늙수그레한 노동자 앞일을 예견한 듯
　싱겁게 웃는다
　저녁어깨가 훤하게 면도한 야참 국숫집으로 빨려 들어가고

　야광을 묻힌 안전한 어둠 안으로
　태극기를 단 오토바이 배달을 나르면
　눈이 작은 주모의 발음
　고함에 가깝다

　홀쭉한 노동복이 밤참을 털어 넣고

삼겹살이 거든 막걸리 몇 잔이
서로의 나이를 점령하려 시끌벅적에 섞이고 있다

수명이 다 되어가는 30촉 전구 알이
더 희미해져도 상관없다는 듯
늦게까지 정면을 바치고 통째로
은근한 근심을 풀어내려 한다

공사판 일숫돈이 바닥났다는
문둥병 같은 흉흉한 소식에도
저물도록 부린 몸 경배하며
걸터앉은 저녁상 태연히 굽는

일찍 다녀간 무감각한 경전들로
짓눌린 얘기 귀 밖으로 던지며

밥 소리, 번쩍

무한 창공을 들어 올리는 허기진 중심

차갑고 뜨거운 그믐, 차례차례 건너가고 있다

　생활의 현장은 늘 고달프다. 그러나 현장을 떠나서는 우리의 삶이 존재할 수 없다. 「밥 1」에서 시인은 뜨거운 땡볕에 해물탕 한 그릇을 싣고 배달을 나가는 늙은 배달꾼을 보여주었다. "행여 노동의 출구가 막힐까 봐" 온몸이 삐걱거리는 부실한 육체로 "몸이 열어놓은 노동의 습성을" 따라 배달 페달을 밟아야 하는 노년의 고역을 연민의 감정으로 노래했다. 「밥 2」에서는 감정의 노출을 많이 줄이고 강인하게 세상의 파도를 헤쳐가는 식당 주모를 노래했다.

　날이 저무니 회사 간판의 불이 꺼지고 식당의 불은 켜진다. 새로운 노동의 시간이 열리는 것이다. 로또 복권 몇 장을 손에 쥔 늙은 노동자가 싱겁게 웃으며 야참 국숫집으로 들어가고 배달 음식을 나르는 오토바이들이 바삐 움직인다. 눈이 작은 주모는 고함치듯 큰 소리로 일을 처리해 나간다. 밥집 안에는 새로운 성찬의 시간이 펼쳐져 삼겹살에 막걸리를 나누며 노소동락으로 소란스럽다. 흐린 전구 빛이 가물거리도록 마음속 근심과 흉흉한 소문 한쪽으로 흘리며 세상의 그늘을 걷어내려 한다. 내일의 노동을 위해 중요한 것은 몸을 경배하는 마음으로 오늘 밥을 먹는 일이다. 밥의 힘으로 세상의 억압을 이겨내기 위해 어떤 흉흉한 소문에도 태연히 삼겹살을 굽고 짓눌린 가슴에 무심의 경전을 들여놓으려 한다. 이것이 바로 "무한 창공을 들어 올리는 허기진 중심"의 힘이다.

그 중심의 힘은 허기에서 오고 허기를 매우려는 강력한 본능에서 온다. 허기를 느끼게 하고 허기를 채우는 동력은 바로 '밥'이다. 밥이 세상의 중심을 들어 올리는 허기진 중심이다. 그러기에 그들이 건너가고 있는 어두운 그믐밤은 "차갑고 뜨거운" 시간이다. "허기진 중심", "차갑고 뜨거운 그믐"이라는 모순의 이중어법에 세상의 진실이 담겨 있다. 이 모순의 진실은 시인이 세상을 차갑게 관찰하고 뜨겁게 끌어안을 때 터득하게 되는 현존재의 실존적 개시다. 세상에 던져진 존재자인 인간이 세계내존재로서 자신의 실존을 드러내는 현시의 방법이다.

존재에 관한 관심의 배면에는 존재에 대한 연민이 내재해 있다. 저렇게까지 존재해야 하는가 하는 연민의 감정이 있을 때 객체인 대상이 주체의 자리로 다가온다. 연민은 나와 무관한 객체를 자아의 자리로 이끄는 동력이다. 존재에 대한 연민 중 가장 가슴 저린 사연은 돌아가신 부친에 대한 아쉬움인데 이 감정은 뇌옥牢獄과 누추陋醜의 죄의식으로 다가온다. 「소리 1」은 한번 다녀가라는 아버지의 말에 제대로 응하지 못한 딸의 한스러운 죄책감을 뇌옥으로 표현했다. 마치 "꼭꼭 걸어 잠근" 철벽 감옥에 갇히어 명치 끝이 후들거릴 정도로 자신의 죄를 곱씹어야 하는 회한의 감정을 표현한 것이다.

아버지와 관련된 시 「귀」는 아주 독특한 작품이다. 어느 버스 정류장에서 빵 부스러기 하나에 바글바글 모여든 개미 떼를 보았다. 거리의 소음은 전혀 들리지 않는다는 듯 개미들은 먹이를 놓고 사투를 벌인다. 여기서 문득 시인은 "6남매를 키운 아버지의 깡마른 귀"를 떠올렸다. 거친 세상에서 생을 구걸하며 저렇게 귀를 접어놓고 생활을 향해 전력을 기울였을 아버지. "지독한 누추를 걸치고/ 근근이 얽어놓은 뼛속 불빛을 근심하며/ 고독하게 금 그어진 선 밖에서/ 눈가를 적시는 모습"을 떠올리며 시인은 가슴 아파한다. 그러나 시간은 흘렀고 아버지는 지상에 존재하지 않는다. 뒤늦게 "아버지의 귓바퀴에서/ 이슬처럼 희고 둥근 새소리"를 들으려 하지만 시간은 이미 어긋나 버렸다. "어디서 세찬 죽비가 내 어깨를" 내리칠 뿐이다. 세계내존재로서 세계에 자신의 실존을 드러내는 것은 어려운 일이고 그 실존적 드러냄의 의미를 제대로 이해하는 일도 이렇게 어렵다는 사실을 새삼 깨닫게 된다.

4. 존재의 인식과 성찰

그의 시 「복사꽃 후기」와 「눈먼 여름날」은 서로 다른 현상을 표현했다. 「복사꽃 후기」는 40년 된 재개발 아파트 담장 너머에 복사꽃 핀 장면을 보여주었다. 평상 위에 앉는 노인네 몇이 흐릿한 눈빛으로 틀니를 덜컥거리며 꽃의 내력을 이야기한다. 피고 지는 꽃잎의 순환 속에 무수한 사연이 스쳐 간 것이다. 지난 시간은 돌아오지 않지만, 재개발로 어수선한 담장 너머에 아무 일 없다는 듯 봄이 되니 복사꽃은 피었다. 이것은 세상의 전변 속에서도 자연은 변함없이 그 모습을 그대로 보여준다는 사실을 암시한다. 이와는 달리 「눈먼 여름날」은 30년 된 플라타너스가 태풍으로 뿌리가 뽑힌 모습을 보여주었다. 마치 울부짖는 듯한 자세로 머리를 풀어 헤치고 옆으로 누워버린 것이다. 한여름 생명이 타오르는 시기에 이렇게 허리가 꺾인 것이 더욱 안타깝다. 몇 겹의 바람과 오가는 새들이 잠을 깨우려 하지만 나무는 꿈쩍도 하지 않는다. 시간이 서서히 거두어 가는 나무의 거대한 육체 밑에는 가지에 걸렸던 "구겨진 종이비행기와 날리다 만 가오리 연鳶 들이" 유년의 추억을 일깨울 뿐이다.

이 두 편은 오래된 아파트에 변함없이 핀 복사꽃과 만물이 무르익을 여름에 폭풍으로 죽음을 맞이한 플라타너스를 통해 존재의 서로 다른 양태를 보여주었다. 시인은 시간의 흐름 속에 모습을 달리하는 두 대상을 통해 존재의 모습을 성찰했다. 그의 존재에 관한 관심은 「존재」라는 제목으로 한 편의 시를 구성하게 했다.

여름비가 흙을 적시는 모습

물끄러미 바라보다

더 이상 생각에 빠지지 않아도 되겠다

내가 지켜보고 있지 않아도

여름 내내 색을 얻지 못한

나뭇잎들 방금처럼 다투며

멀어지면서 또 깊어져 더 먼 빛 속으로 빨려 들어갈 텐데

기억 밖으로 흩어진

바람의 전령은

불쑥불쑥 자라는 계절을 졸라 꽃으로 뒹굴 것이고

어정대던 라벤더

절정의 보랏빛 약속하라고 독촉받을 텐데

괜스레

내 울타리를 침범한 반쯤의 시간을

정든 듯 떼밀며 눈 흘김 하면

돌아보는 시간만 사소해질 테고

폐활량을 키우던 인기척이 빠른 걸음으로

저녁을 끌고 와

핼쑥한 배경을 차단한다는 소문

가볍게 출렁이는 풍경만을 고집하면

좀은 둔탁해질 텐데

일몰의 뒷자리에 비켜선 버즘나무 귀엣말이 심상치 않아

서둘러 차분해지려는 7월

돌아 나와야 되는 길

골똘하게 염려하면서 다만 간격이 늦은 자리 몇

비워놔야겠다

―「존재」 전문

  시인은 여름비가 흙을 적시는 모습을 물끄러미 바라보며 사색에 잠긴다. 자연의 사물은 내가 지켜보고 있건 그렇지 않건 관계없이 자신의 생리를 따라 움직인다. 꽃은 꽃대로 나뭇잎은 나뭇잎대로 빛은 빛대로 자신의 순리에 따라 움직인다. 시인은 자연을 관찰하며 이러한 원리를 깨달았다. 이것이 존재의 원칙이다. 사르트르의 『구토』는 이 존재의 '있음'을 자각할 때 일어나는 격정을 '구토'라는 생리 현상으로 표현했다. 하나의 존재가 나와 무관한 존재태로 거기 있음을 인식할 때 나에게 구토가 일어나는 것이다. 남주희 시인은 그러한 극적인 반응은 일으키지 않고 대상의 존재태를 그냥 그대로 인식하고 있다. "내 울타리를 침범한 반쯤의 시간"도 있고 소란한 인기척이 빠른 걸음으로 다가와 희미한 배경을 차단하기도 한다. 아무리 대상과 거리를 두려 해도 자연은 나의 생활 영역에 간섭을 꾀한다. 그러니 마음에 다가오는 풍경에만 눈을 줄 일도 아니다. 돌아 나올 길을 예비해 놓고 여유 있게 몇 자리를 비워 놓으면 주객의 균형이 맞으리라고 생각한다. 위의 시는 존재라는 추상적인 명사로 자연과 인간의 관계를 성실하게 사유했다. 이러한 사색의 연장선상에서 정적의 풍경이 주는 의미를 표현한 작품이 다음에 있다.

약속된 계절이었기에
붉게 범람하려 강요된 몸

물드는 시간
일찍 때로는 늦게까지 읽고 있다

첫눈처럼 몰래 왔다
가파른 눈속임 방관하지 않으려
셔터를 눌러 배경만 훔친다 하기에
널린 생각, 생각 없이 주워 담았지만

내 사소한 물듦은 아무도 알려 하지 않았다

이제 곧

기침 소리가 들리면

언제 적 붉음만 기록해야 할 시간 임박할 텐데

내 견딤이 필요한 찬 목소리로

철마다 얼굴 바꾸는 단풍이라는 말 대신

고독한 붉음으로 하루를 버는

일주문 노을이라고 불렸으면 좋겠다고

가벼워지기 싫어

겨드랑이 서늘한 말들은 꿀꺽 삼키지만

반복되는 내 말은 어길 수 없는 사랑이라 돌려 말하면 안 되

겠니

발아래 산그늘은

곧 무너질 것 같은 만삭의 차림으로

아침마다 벼른 속리산 이치에 흐린 등燈으로 있길 원하고

해가 지면

무량한 풍경 몇 북적대는 틈 사이로

몸을 접어 뒤척이다

돌아누운 생각 달랠 틈도 없이

야단법석, 은행나무, 화살나무 다 붉어 버렸다

　　　　　　　　　　　　　　　　　—「법주사 단풍」 전문

　가을이 되어 모든 나무들이 붉게 물들 준비를 한다. 어느 것
은 빠르게 어느 것은 조금 늦게 물들 뿐이지 붉음으로 가는 길
은 동일하다. 나무는 가을에 단풍이 물듦으로서 세계에 자신
의 실존적 위상을 드러낸 것인지 모른다. 화자는 단풍이 물드
는 일에 관심이 있고 단풍을 통해 자신의 마음도 붉게 물든다
는 생각은 갖고 있지만 그것을 누구에게 드러내려 하지 않는
다. 이제 날이 차가워지고 만산홍엽의 상태가 되면 산은 붉은
빛으로 통일될 것이다. 그러니 가을 단풍이라는 말 대신 '고독
한 붉음', 또는 '일주문 노을'이라고 불렀으면 좋겠다는 생각도
한다. 어떤 말이든 단풍에 대한 사랑의 감정이 담기면 좋을 것
이다. 발아래 산그늘은 더욱 깊어지고 속리산을 지키는 흐린
등으로 남을 것 같다.

　"해가 지면/ 무량한 풍경 몇 북적대는 틈 사이로/ 몸을 접어
뒤척이다" "돌아누운 생각 달랠 틈도 없이/ 야단법석, 은행나
무, 화살나무 다 붉어 버렸다"고 했다. 산그늘이 지고 아침이
오고 하는 시간의 흐름 속에 어느 날 문득 붉은 세상이 이루어
진다. 그 순간의 변화는 누구도 예측할 수 없다. 존재의 변환
이 이와 같다. 인간이라는 존재자는 자신의 자리에서 나무들

의 변화를 바라보고 나무라는 존재자는 자신의 자리에서 존재
의 변화를 도모한다. 그 둘은 사실 아무 관계가 없다. 그러나
사유하는 존재인 인간은 타자를 성찰하고 그것을 자신의 생활
영역 속에 끌어들임으로써 자신의 영역을 넓혀간다. 이것이
세상에 던져진 인간이라는 현존재가 자신을 세계에 투사하여
세계내존재로 실현되는 양상이다.

남주희 시인은 어려운 철학 용어는 하나도 사용하지 않았지
만, 이러한 인간과 대상의, 주체와 타자의 존재론적 관계 속에
서 시적인 사유와 상상을 펼쳐갔다. 그 사유의 흐름은 타자를
통해 자신의 존재를 확인하는 과정이다. 타자를 자신의 존재
영역으로 끌어들이는 과정에서 자연스럽게 타자 윤리가 형성
된다. 그의 타자 윤리는 타자가 자신보다 낮은 자리에 있어서
동정을 베푸는 것이 아니라 타자가 자신과 대등하고 자신의
분신에 해당하기 때문에 자기를 사랑하듯이 타자를 수용하는
형태다. 이러한 타자 윤리는 존재론적 사유에서 우러난 것이
기에 매우 귀중하고 본받을 만하다.

나는 남주희 시인의 이러한 윤리의식이 세상의 모든 사람에
게 널리 전파되기를 원한다. 남주희 시인의 시에 형상화된 언
어의 표현 미학은 윤리의식이 독자들에게 전파되는 데 유용한
역할을 할 것이다. 언어의 미감 속에 저절로 타자 윤리가 육화
될 수 있기 때문이다. 나는 타자에 대한 시인의 애정과 연민이
삶의 넓은 지평으로 확대되어 시간적 영속성을 확보하기를 진

심으로 바란다. 이것은 인간의 유한한 영역을 넘어서서 예술의 무한한 지평으로 상승하는 도약의 계기가 될 것이다. 이 시집이 그의 시적 고양을 위한 고귀한 발판이 되기를 기원한다.

| 남주희 |

고려대학교 문과대학을 졸업했다. 2003년 『시인정신』에서 시로, 『현대수필』에서 수필로 등단했다. 시집『둥근척하다』『오래도록 늦고 싶다』『길게 혹은 스타카토로』『꽃잎호텔』『제비꽃은 오지 않았다』『눈부신 폭서』와 산문집『조금씩 자라는 적막』이 있다. 지식경제부 장관상, 한국민족문학 본상, 김우종문학 본상, 백기만문학상 등을 수상했다. 대구문화방송 아나운서를 역임했으며, 2021년 대구문화재단 경력 예술인 활동 지원금을 수혜했다.

이메일 : joohee1028@hanmail.net

현대시 기획선 118

나는 잠깐 웃고
너는 오래 운 울음 그치고

초판 인쇄 · 2024년 12월 15일
초판 발행 · 2024년 12월 20일
지은이 · 남주희
펴낸이 · 이선희
펴낸곳 · 한국문연
서울 서대문구 증가로29길 12-27, 101호
출판등록 1988년 3월 3일 제3-188호
편집실 | 서울 서대문구 증가로31길 39, 202호
대표전화 302-2717 | 팩스 · 6442-6053
디지털 현대시 www.koreapoem.co.kr
이메일 koreapoem@hanmail.net

ⓒ 남주희 2024
ISBN 978-89-6104-376-2 03810

값 12,000원